PEQUENA HISTÓRIA DA REPÚBLICA

PEQUENA HISTÓRIA DA REPÚBLICA

GRACILIANO RAMOS

1ª edição

EDITORA RECORD
RIO DE JANEIRO • SÃO PAULO
2020

CIP-BRASIL. CATALOGAÇÃO NA PUBLICAÇÃO
SINDICATO NACIONAL DOS EDITORES DE LIVROS, RJ

R143p Ramos, Graciliano
Pequena história da República / Graciliano Ramos. – 1ª ed. –
Rio de Janeiro: Record, 2020.

ISBN 978-85-01-11479-2

1. Crônicas brasileiras. I. Título.

20-64303
CDD: 869.8
CDU: 82-94(81)

Leandra Felix da Cruz Candido – Bibliotecária – CRB-7/6135

Copyright © by herdeiros de Graciliano Ramos
http://www.graciliano.com.br

Todos os direitos reservados. Proibida a reprodução, armazenamento ou transmissão de partes deste livro, através de quaisquer meios, sem prévia autorização por escrito.

Texto revisado segundo o novo Acordo Ortográfico da Língua Portuguesa.

Direitos exclusivos desta edição reservados pela
EDITORA RECORD LTDA.
Rua Argentina, 171 – Rio de Janeiro, RJ – 20921-380 – Tel.: (21) 2585-2000.

Impresso no Brasil

ISBN 978-85-01-11479-2

Seja um leitor preferencial Record.
Cadastre-se em www.record.com.br
e receba informações sobre nossos
lançamentos e nossas promoções.

EDITORA AFILIADA

Atendimento e venda direta ao leitor:
sac@record.com.br

NOTA DO EDITOR

Esta "Pequena história da República" foi pensada originalmente para o concurso promovido pela revista *Diretrizes*, em 1939, cujo objetivo era a premiação de um texto que contasse, para crianças, a história de nossa República, em comemoração aos 50 anos de sua proclamação. O texto, que não chegou a ser inscrito no concurso, viria a ser publicado em *Alexandre e outros heróis*.

Estruturada em pequenos verbetes, e tendo como base os manuscritos que se encontram no Fundo Graciliano Ramos, Arquivo do Instituto de Estudos Brasileiros da Universidade de São Paulo, esta crônica histórica sobre a República brasileira, escrita por um de nossos maiores autores, é aqui apresentada em edição especial.

SUMÁRIO

As coisas 11

Os homens 15

Os antigos senhores 19

Os antigos escravos 23

Os padres 27

Os militares 31

A propaganda 35

A conspiração 39

15 de Novembro 43

Não matem o barão 47

Está preso, está solto,
está preso de novo 51

Não sou negro fugido 55

O novo governo 59

Primeiras dificuldades 63

A constituinte 69

Derrubada 73

Adesões 77

Colheita de tempestade 81

Nova derrubada,
novos descontentamentos 85

Revolução no Rio Grande 89

Revolta da armada 93

Prudente de Morais 99

Canudos 103

O assassino político 109

Campos Sales 113

Não obrigo ninguém a ser
patriota 117

Liquidações 121

Rodrigues Alves 125

A febre amarela 129

Publicidade 133

Um bom negócio 137

Outras questões de limites 141

A varíola 145

Desvantagem e vantagem 149

Afonso Pena —
Nilo Peçanha 153

O Marechal Hermes 157

A Revolta dos Marinheiros 161

Oligarquias 165

Wenceslau Brás 169

Uma reedição de Marcelino
Bispo 173

Diversas trapalhadas 177

Uma eternidade 181

Epitácio Pessoa 185

1922 189

5 de Julho   193

O centenário   197

Artur Bernardes   201

O segundo 5 de Julho   205

Washington Luís   209

1930   213

Posfácio   221

Vida e obra de

Graciliano Ramos   225

AS COISAS

As coisas | 13

Em 1889 o Brasil se diferençava muito do que é hoje: não possuíamos Cinelândia nem arranha-céus; os bondes eram puxados por burros e ninguém rodava em automóvel; o rádio não anunciava o encontro do Flamengo com o Vasco, porque nos faltavam rádio, Vasco e Flamengo; na Estrada de Ferro Central do Brasil morria pouca gente, pois os homens, escassos, viajavam com moderação; existia o morro do Castelo, e Rio Branco não era uma avenida — era um barão, filho de visconde. O visconde tinha sido ministro e o barão foi ministro depois. Se eles não se chamassem Rio Branco, a avenida teria outro nome.

As pessoas não voavam, pelo menos no sentido exato deste verbo. Figuradamente, sujeitos sabidos, como em todas as épocas e em todos os lugares, voavam em cima dos bens dos outros, é claro; mas positivamente, a mil metros de altura, o voo era impossível, que Santos Dumont, um mineiro terrível, não tinha fabricado ainda o primeiro aeroplano, avô dos que por aí zumbem no ar.

14 | PEQUENA HISTÓRIA DA REPÚBLICA

O Amazonas, a cachoeira de Paulo Afonso e as florestas de Mato Grosso comportavam-se como hoje. Mas as estradas de ferro eram curtas, e quase se desconheciam estradas de rodagem, porque havia carência de rodas. Nos sítios percorridos atualmente pelo caminhão deslocava-se o carro de bois, pesado e vagaroso.

Pouco luxo nas capitais, necessidades reduzidas no campo. As cidadezinhas do interior, mediocremente povoadas, ignoravam a iluminação elétrica e o bar.

Os jornais tinham quatro páginas (duas de anúncios), e as notícias circulavam com lentidão.

O café não havia constituído a glória e a fortuna de S. Paulo; no nordeste e no estado do Rio espalhavam-se os modestos banguês, que a usina venceu; em Minas consumia-se manteiga francesa; no Rio Grande do Sul vestia-se casimira inglesa. Os indivíduos bem situados envergonhavam-se de usar o produto nacional.

As nossas máquinas eram singelas. Em certos lugares tínhamos a bolandeira, uma espécie de máquina de pau.

OS HOMENS

Os homens maduros de hoje eram meninos. O sr. Getúlio Vargas, no sul, montava em cabos de vassoura; o sr. Ministro da Guerra comandava soldados de chumbo; o sr. Ministro da Educação vivia longe da escola, porque ainda não existia. Nesse tempo o chefe do governo, o sr. d. Pedro II, Imperador, dispunha de longas barbas brancas respeitáveis e nas horas de ócio estudava hebraico, língua difícil, inútil à administração e à política. Todos os homens notáveis e idosos eram barbudos, conforme se vê em qualquer história do Brasil de perguntas e respostas. José de Alencar, romancista enorme, tinha tido barbas enormes, perfeitamente iguais às do Imperador — e chegara a ministro.

Em geral essas personagens se filiavam num dos dois grandes partidos que aqui brigavam: o liberal e o conservador. Um deles dirigia os negócios públicos. O outro, na oposição, dizia cobras e lagartos dos governantes, até que estes se comprometiam e S. M. os derrubava e substituía pelos descontentes, que eram depois substituídos. Os programas dessas facções divergiam, é claro, mas na prática elas se assemelhavam bastante.

E como apenas duas se revezavam no poder, facilmente se tornavam conhecidas e não inspiravam confiança.

Na verdade só os cidadãos importantes, pais e avós dos cidadãos importantes de hoje e de outros que não são importantes, se alistavam convictos nesses partidos. As criaturas vulgares permaneciam indiferentes ou iam para onde as empurravam.

Várias pessoas não iam. E desejando uma transformação completa, uma revolução que deitasse por terra conservadores e liberais, o Imperador e sua família, formavam grupos que manifestavam largas esperanças em jornais, em *meetings*, na cátedra. Sussurros vagos a princípio, depois a propaganda se desenvolveu um pouco.

S. M. o sr. d. Pedro II, que tinha subido bem jovem ao trono e lá se conservara quase meio século, naturalmente se julgava seguro. Mas os cinquenta anos, que lhe tinham dado essa impressão de estabilidade e firmeza, pareciam muito longos ao público.

Em geral não reparamos nos trabalhos que o governo executa, mas vemos perfeitamente os que ele deixa de realizar.

Homens novos semeavam ideias novas e abundantes promessas. A multidão bocejava. Não lhe seria desagradável experimentar mudanças.

OS ANTIGOS SENHORES

Os ANTIGOS SENHORES | 21

No fim do século passado a maior parte da riqueza estava nas mãos dos proprietários rurais. E a cultura da terra fora, durante séculos, feita por escravos. Os colonos europeus, que enriqueceram algumas regiões do país, eram ainda pouco numerosos. Em 1888, depois duma intensa campanha abolicionista, a libertação veio. Os proprietários se acharam pobres de repente — e a produção se desorganizou. Na verdade o preto representava força de trabalho e capital. Enquanto podia arrastar a enxada, no eito, esfalfava-se, largava o couro na unha do feitor. Velho e estazado, acabava-se lentamente num canto de senzala, mas ainda assim tinha valor. Valor modesto, constituído pela recordação de serviços prestados, por conselhos que a velhice prudente oferece à mocidade imprudente, por histórias de Trancoso narradas às crianças. Enfim o negro valia, até morrer, algumas centenas de mil-réis. Isso desaparecera em 1885, com a alforria dos escravos sexagenários. Prejuízo pequeno. Já em setembro de 1871 uma lei ferira de morte a instituição milenária

22 | PEQUENA HISTÓRIA DA REPÚBLICA

libertando os filhos de mulher escrava. Uma desgraça para os senhores, evidentemente, mas desgraça a prazo. Restava a esperança de cada um liquidar os seus negócios com vagar, adaptar-se a uma nova ordem econômica, procurar algum comprador ingênuo e transformar em mercadoria o capital humano que se depreciava.

Não houve tempo. A liberdade chegou de supetão. E várias pessoas despertaram ricas em 13 de maio de 1888 e adormeceram arruinadas. O mais provável é não terem adormecido. Muita aflição, muito choro e cabelos arrancados. O chicote do feitor ia descansar. Os engenhos do nordeste ficariam de fogo morto.

A família imperial perdeu nesse dia amizades seguras. E se não as houvesse perdido, pouca utilidade elas teriam daí em diante: seriam amizades de pobre, amizades incômodas.

OS ANTIGOS ESCRAVOS

OS ANTIGOS ESCRAVOS | 25

A abolição trouxe, é claro, um grande assanhamento nas senzalas. Os negros dançaram, cantaram, praticaram excessos, depois saíram sem destino, meio doidos. Não precisavam esconder-se: podiam andar pelos caminhos sem a ameaça do capitão de mato e castigo no tronco. Muitos, porém, se deixaram ficar nas cozinhas das casas-grandes. A negra velha, antiga mucama de iaiá e ama de leite dos filhos de iaiá, não pôde afastar-se. Até então recebera ordens e obedecera, às vezes resmungando e estirando o beiço, mas obedecera, porque se tinha habituado a ouvir gritos, e Deus Nosso Senhor, com os seus poderes, dividira as criaturas em senhores e escravos.

Esse hábito se quebrara de chofre; evidentemente Nosso Senhor não fora consultado nisso. No fim de maio a preta velha aguentou mal a irritação dos patrões. Sinhá-moça exigiu qualquer coisa, impaciente, batendo o pé, e a negra teve um rompante:

— Cativeiro já se acabou, sinhá. Agora é tão bom como tão bom.

Arrumou a trouxa e ganhou o mundo. Depois voltou, arrependida, mas achou mudanças: os brancos arriados, murchos, bambos; as plantações murchas, bambas, arriadas; a fazenda quase deserta. A autoridade soberba do patriarca encolhera. Tudo encolhera — e nesse encolhimento, nessa conformação, os ombros caíam resignados, os braços moles se cruzavam, os olhos espiavam no fogo as panelas escassas. Pobreza, devastação, indícios de miséria. Desalento, rugas e cabelos grisalhos. A negra velha se retirou definitivamente, o coração grosso e o estômago roído. Entre os numerosos filhos dela, tipos de várias cores, havia na verdade um alvacento que se casou com moça branca e gerou um sarará que se fez doutor e ganhou dinheiro. Mas isso foi muito mais tarde. Naquele momento a preta velha se achou pequena e sozinha, triste. Acoitou-se num mocambo e morreu de fome.

— Tão bom como tão bom.

A alegria tumultuosa dos negros foi substituída por uma vaga inquietação. Escravos, tinham a certeza de que não lhes faltaria um pedaço de bacalhau, uma esteira na senzala e a roupa de baeta com que se vestiam; livres, necessitavam prover-se dessas coisas — e não se achavam aptos para obtê-las.

A gratidão dos negros a d. Isabel, a princesa que lhes deu a alforria, esfriou bastante, passadas as manifestações excessivas de maio de 88.

OS PADRES

Os padres não viviam satisfeitos. O registro dos indivíduos que se arrumavam fora do catolicismo, ameaças de casamento civil, a secularização dos cemitérios haviam irritado fortemente o clero, que responsabilizava a maçonaria por esses horrores.

Entretanto, numerosos sacerdotes eram maçons. Em 1872, o bispo do Rio de Janeiro, d. Pedro Maria de Lacerda, tirou a batina do padre Almeida Martins, que fizera um discurso em honra do visconde do Rio Branco, grão-mestre do Grande Oriente do Brasil e presidente do conselho. O episcopado brasileiro moveu-se. Em Pernambuco, frei Vital de Oliveira, bispo de Olinda, tentou afastar os maçons das irmandades religiosas; a questão chegou ao ministério e a Roma, onde o barão de Penedo se entendeu com o cardeal Antonelli. Desse conflito resultou a prisão de dois bispos: d. Antônio de Macedo Costa, do Pará, e o mencionado frei Vital de Oliveira.

30 | PEQUENA HISTÓRIA DA REPÚBLICA

Magoou-se profundamente a parte conservadora do clero, que viu e ouviu com indiferença os ataques à monarquia. Desde o tempo da colônia muitos padres eram francamente revolucionários. No movimento de 1817 havia trinta e dois eclesiásticos.

OS MILITARES

Depois da Guerra do Paraguai os militares tomaram uma grande importância, tão grande que os chefes civis acharam prudente meter nos conselhos da coroa heróis que se haviam coberto de glória no sul, como Caxias e Osório. O primeiro chegou a duque, título que nenhum outro alcançou; o segundo foi marquês, honra menor, mas ainda assim muito grande.

Desaparecidas essas figuras notáveis, foi difícil conter certas manifestações de azedume das classes armadas, que alguns anos de contacto com o caudilhismo sul-americano tinham disposto contra a monarquia.

Em 1883 o tenente-coronel Senna Madureira, desobedecendo ao Ministro da Guerra, discutiu pelos jornais um projeto de lei; repreenderam-no e tiraram-lhe o comando. Em 1885 censuraram e prenderam o coronel Cunha Mattos, que havia ofendido pela imprensa um deputado. Novas questões surgiram, e solidarizaram-se com Senna Madureira e Cunha Mattos o marechal Deodoro da Fonseca e o general visconde de Pelotas.

Em 1887 os militares se achavam profundamente irritados. E Deodoro e Pelotas publicaram um manifesto que teve a adesão das guarnições das províncias. Pelotas, general e senador, disse no Senado: "Não sabemos o que poderá acontecer amanhã, apesar de o nobre presidente do conselho confiar na força armada que terá à sua disposição. Tais serão as circunstâncias que bem possível é que ela lhe falte." Realmente faltou, dois anos e meio depois.

A PROPAGANDA

A ideia de república já se tinha aqui divulgado no tempo da colônia: com Bernardo Vieira de Melo (1711) em Pernambuco, com Felipe dos Santos (1720) em Minas, com os inconfidentes mineiros (1789). Na primeira metade do século XIX várias sublevações apareceram: a Confederação do Equador (1824) no Nordeste, a República de Piratini (1835 — 1845) no Rio Grande do Sul, a Sabinada (1837) na Bahia, a Balaiada (1841) no Maranhão, a Revolução Praieira (1848) em Pernambuco. Na segunda metade do século houve alguns anos de calma. E foi depois da Guerra do Paraguai, quando começou a lavrar descontentamento no Exército, que entramos de novo a torcer pela república. Em 1870 publicou-se no Rio um manifesto assinado por Saldanha Marinho, Aristides Lobo, Cristiano Benedito Ottoni, Rangel Pestana, Salvador de Mendonça, Lopes Trovão, etc., e em 1873 João Tibiriçá presidiu, em S. Paulo, a Convenção Republicana do Itu.

38 | PEQUENA HISTÓRIA DA REPÚBLICA

Em junho de 1889 o visconde de Ouro Preto expôs um programa liberal com que tencionava reprimir o movimento.

— É o começo da república, declarou um deputado.

— É a inutilização da república, respondeu o presidente do conselho.

Engano. Ela veio cinco meses depois, mas o povo recebeu-a friamente. Foi o que disse Aristides Lobo.

A CONSPIRAÇÃO

Em meado de outubro de 1889 o capitão Menna Barreto e o tenente Sebastião Bandeira conseguiram entender-se com o marechal Deodoro da Fonseca, homem de enorme prestígio, tão respeitado que o visconde de Cotejipe, sujeito hábil demais, pretendera mantê-lo na política e fazer dele um novo Caxias. Em 1889 Deodoro se achava desgostoso com o ministério, que, na opinião dos militares, queria diminuir o Exército, criando a guarda cívica, fortalecendo a polícia da corte e a guarda nacional.

No fim de outubro era forte a agitação nos quartéis, onde os principais conspiradores, alguns de posto bem modesto, não descansavam: capitães Menna Barreto, Manuel Joaquim Godolfim e José Pedro de Oliveira Galvão, tenente Sebastião Bandeira, alferes Joaquim Inácio, sargentos Agrícola Bethlem, Arnaldo Pinheiro, Raimundo Gonçalves de Abreu e João Batista Xavier.

A 22, por ocasião da visita que os oficiais do couraçado chileno *Almirante Cochrane* fizeram à Escola Militar, o tenente-coronel Benjamin Constant, na presença do Ministro da Guerra, pronunciou um discurso atacando o governo.

42 | PEQUENA HISTÓRIA DA REPÚBLICA

No começo de novembro o número dos conspiradores havia crescido muito. O barulho ia rebentar no dia 16. Mas o major Solon Ribeiro espalhou no largo de S. Francisco um boato que precipitou os acontecimentos.

Várias vezes o Ministro da Guerra, visconde de Maracaju, intrigado com as notícias de turbulência, falara ao ajudante--general Floriano Peixoto que o tranquilizara. Tudo ia bem. Mas a 14, interrogado pelo ministro, Floriano mudou:

— Estamos sobre um vulcão.

15 DE NOVEMBRO

No dia 15 de novembro pela manhã, o ministério estava reunido no Quartel-General do Exército, que era no Campo de Santana, hoje praça da República, sob a guarda de uns dois mil homens comandados pelo brigadeiro Almeida Barreto. O marechal Deodoro, à frente de forças rebeldes, partiu de S. Cristóvão, retardou-se um pouco na praça 11 de Junho, mandou colher informações, em seguida, se pôs novamente em marcha e, pela rua Visconde de Itaúna, entrou no largo, onde policiais e marinheiros o aclamaram.

NÃO MATEM O BARÃO

Nesse ponto a carruagem do Ministro da Marinha, barão de Ladário, surgiu na praça.

— É o Ladário, disse Deodoro a um tenente. Vá prendê-lo.

O ministro, porém, não quis ser preso e recebeu a intimação atirando no oficial. Felizmente a arma negou fogo. Um instante depois houve muita bala. E Ladário, bastante ferido, recuou, tentou recolher-se a um armazém próximo. Como as portas se fecharam, caiu na calçada. Iam acabá-lo a coronha de fuzil quando o marechal correu e o salvou:

— Soldados, não matem o barão.

Se essa frase não fosse dita, a proclamação da república teria custado uma vida.

ESTÁ PRESO, ESTÁ SOLTO, ESTÁ PRESO DE NOVO

ESTÁ PRESO, ESTÁ SOLTO, ESTÁ PRESO DE NOVO | 53

Em seguida o marechal Deodoro conversou com o brigadeiro Almeida Barreto, com o tenente-coronel Silva Telles, com o ajudante-general Floriano Peixoto, entrou no pátio, retirou a tropa do governo e mandou dizer ao ministério que se fosse embora. O presidente do conselho tentou fazer que Barreto e Floriano atacassem os revoltosos. Nada conseguindo, telegrafou, narrando os fatos ao Imperador, que se achava em Petrópolis.

Pouco depois Deodoro entrou na sala onde estavam os ministros, censurou com energia o visconde de Ouro Preto, afirmou que ele não tinha patriotismo e perseguia o Exército. Prendeu-o. A pedido de Floriano, soltou-o. Mas no mesmo dia tornou a prendê-lo. O presidente do conselho foi recolhido ao quartel do 1º Regimento de Cavalaria, em S. Cristóvão, e mais tarde remetido para a Europa.

NÃO SOU NEGRO FUGIDO

Deposto o ministério, Deodoro andou na cidade, obteve adesões e no arsenal de Marinha foi bem recebido pelo chefe de divisão Eduardo Wandenkolk e pelo barão de Santa Marta, ajudante-general da armada. Na câmara municipal José do Patrocínio fez um discurso. D. Pedro II veio de Petrópolis e tentou organizar um novo ministério, o que não foi possível. No dia 16 S. M. recebeu uma dolorosa mensagem: nela o marechal Deodoro, em nome do governo provisório, lhe pedia o sacrifício de, com a sua família, no prazo de vinte e quatro horas, deixar o território nacional. O monarca deposto respondeu que embarcaria, forçado pelas circunstâncias.

Afirmou que guardaria do Brasil muita saudade e fez votos ardentes pela sua grandeza. Uma resposta digna, como se vê: o Imperador gostava da palavra escrita. Falando, porém, deixou algumas frases de menos efeito. Na noite de 17 desceu as escadas do palácio bastante contrariado, resmungando para o tenente-coronel Mallet, que o ia buscar.

58 | PEQUENA HISTÓRIA DA REPÚBLICA

— Estão todos malucos. Não embarco, não embarco a esta hora, como negro fugido. Embarcou. No dia 18, com todos os seus, a bordo do *Alagoas*, seguiu para a Europa. A 28 de dezembro enviuvou, a 5 de dezembro de 1891 morreu.

O NOVO GOVERNO

O NOVO GOVERNO | 61

O novo governo teve naturalmente por chefe o marechal Deodoro, que organizou o seguinte ministério: Guerra — Benjamin Constant; Marinha — Eduardo Wandenkolk; Fazenda — Rui Barbosa; Exterior — Quintino Bocaiuva; Interior — Aristides Lobo; Justiça — Campos Sales; Agricultura, Comércio e Obras Públicas — Demétrio Ribeiro; Sampaio Ferraz foi escolhido para chefe de polícia da capital. Essas nomeações têm a data de 15 de novembro, mas o decreto que as contém deve ter sido lavrado a 17 ou 18. A princípio os chefes, civis e militares, espantados com uma vitória fácil demais, viam perigos em toda parte, não se julgavam firmes. Só depois que o *Alagoas* levou para longe a incômoda figura do ex-soberano é que se tratou de tomar as medidas necessárias à consolidação do novo regime.

De fato não havia motivo para receio. Na corte, mudada em capital federal pelo decreto nº 1, que instituía a república federativa, ninguém se mexeu para levantar o trono, e da província choveram adesões: os dois grandes partidos, o liberal e o conservador, em geral se mostraram absolutamente

62 | PEQUENA HISTÓRIA DA REPÚBLICA

republicanos. Foi, pois, num ambiente de tranquilidade que surgiram os primeiros atos do novo governo: nomeações de governadores, indultos do crime de deserção no Exército e na Armada, instruções a respeito do processo eleitoral, extinção das assembleias provinciais.

A 14 de dezembro foi decretada a grande naturalização. A 7 de janeiro de 1890 separou-se a Igreja do Estado, a 23 tivemos o casamento civil.

A república estava sólida. Aceita internamente, foi reconhecida pelos outros países, primeiro os americanos, mais tarde os europeus: a Argentina, o Uruguai (novembro de 1889); o Chile, o Paraguai, o Peru (dezembro); a Bolívia, a Venezuela, os Estados Unidos (janeiro de 1890); Colômbia, S. Salvador, Guatemala (fevereiro); Costa Rica, Nicarágua, Honduras (março); França (junho); Portugal (setembro); Itália (outubro); Holanda, Suíça, Alemanha, Suécia, Noruega (novembro); Inglaterra, Áustria-Hungria, Espanha, Bélgica (dezembro); Dinamarca (janeiro de 1891); Grécia (maio); Rússia (maio de 1892).

PRIMEIRAS DIFICULDADES

PRIMEIRAS DIFICULDADES | 65

A 18 de dezembro manifestou-se uma ligeira encrenca no quartel dum regimento de cavalaria. Na ausência dos oficiais, os soldados arrombaram a caixa militar, brigaram, alguns morreram, sem honra, e outros ficaram feridos. Como naquele tempo certas ideias exóticas ainda não existiam por aqui, esses bandidos foram considerados agentes dos monarquistas. Prisões, interrogatórios, confissões. Resultado: condenação de dez indivíduos à pena de morte. Depois houve comutação. Mas pareceu evidente que a imprensa, livre demais, semeava a desordem entre as classes armadas. E, em consequência, instituiu-se um tribunal de exceção, composto de militares encarregados de julgar as pessoas que originavam, falando ou escrevendo, a revolta civil ou a indisciplina militar. Vários jornais deixaram de circular. E como no ministério havia jornalistas, é claro que estes não ficaram satisfeitos.

Deodoro, ótimo homem, honesto, generoso, sincero, bravo, possuía todas as qualidades necessárias ao soldado, mas era impetuoso e autoritário, tinha o coração perto da

66 | PEQUENA HISTÓRIA DA REPÚBLICA

goela: dificilmente poderia mover-se na teia de aranha da política. Descontentou a princípio os civis — e alguns ministros se retiraram; depois, esquecido de que a agitação dos militares havia motivado a república, censurou-os por eles não se aquietarem. Zangou-se com Jaime Benévolo, major, e Saturnino Cardoso, capitão, que subscreviam artigos contra o governo, e não se lembrou de que, poucos anos antes, tinha apoiado o tenente-coronel Senna Madureira e o coronel Cunha Mattos, que haviam cometido falta igual. Referiu-se com azedume a Solon, autor do boato célebre do largo de S. Francisco. Na opinião do marechal, Solon tinha virado patriota de rua: não ia ao quartel, prejudicava a disciplina.

Enfim os maiores culpados deviam ser os jornais. Deodoro queria a liberdade de pensamento, mas uma liberdade que não o contrariasse. A que havia desgostava-o. E em princípio de maio de 1890, aborrecido com os paisanos e com a farda, escreveu a Rui Barbosa, vice-chefe do governo provisório, passando-lhe o abacaxi, isto é, entregando-lhe o alto cargo de chefe. Rui Barbosa torceu, naturalmente, virou-se. Os outros ministros intervieram, e tudo se arranjou.

Em setembro houve uma altercação medonha entre Deodoro e Benjamin Constant, que geria a nova pasta da instrução, correios e telégrafos, criada para ele. A propósito da nomeação de um funcionário, Benjamin emperrou; Deodoro tomou o pião na unha, levantou-se como se aquilo fosse caso pessoal e bradou.

PRIMEIRAS DIFICULDADES | 67

— Somos militares. Puxe a sua espada, que eu puxo a minha.

Floriano, Ministro da Guerra desde maio, e Campos Sales separaram os contendores.

O marechal continuava aborrecido com os jornais, fontes de males numerosos. Em novembro atacaram a redação da *Tribuna*, devastaram a oficina e mataram um operário. Em consequência seis ministros pediram demissão, que no momento não foi concedida. Mas a 21 de janeiro de 1891 o ministério se exonerava e o barão de Lucena era chamado para arrumar outro.

A CONSTITUINTE

Em dezembro de 1889 foi convocada a assembleia geral constituinte para 15 de novembro de 1890. Feitas as eleições a 15 de setembro, os republicanos elegeram, naturalmente, a maioria dos representantes, que, na data marcada, se reuniram no Paço da Boa Vista, em S. Cristóvão, ouviram a mensagem de Deodoro e, discutindo pouco, aceitaram, a 24 de fevereiro de 1891, a constituição redigida no ministério em julho. A 25, depois de muita combinação, escolheram o Presidente efetivo da República, Deodoro, e o Vice-Presidente, Floriano. Separaram-se então e formaram a Câmara e o Senado, que viveram em turras com o marechal.

DERRUBADA

Presidente Constitucional da República, Deodoro modificou tudo nos estados cujos representantes não lhe tinham dado voto em 25 de fevereiro. Nomeações e demissões abundantes trouxeram grande impopularidade ao marechal e especialmente ao barão de Lucena.

Campos Sales tentou em vão meter no ministério alguns republicanos históricos que tivessem as simpatias do Congresso. As dissidências entre o Executivo e o Legislativo agravaram-se depois de julho. Afinal, a 3 de novembro, o Presidente dissolveu as duas Câmaras e decretou o estado de sítio para o Distrito Federal e para Niterói. Ao mesmo tempo afirmava, em manifesto, que *governaria com a Constituição*.

E prometia convocar *oportunamente* um Congresso novo.

ADESÕES

Apesar de esperado, o ato do Presidente causou nos arraiais políticos forte impressão, que logo se transformou em doido entusiasmo. Dos mais remotos cantos do país voaram telegramas e cartas de felicitação a s. excia. pela justa medida. Os políticos profissionais bateram palmas, as guarnições aplaudiram, todos os governadores, exceto o do Pará, fizeram declarações fervorosas, algumas idiotas. Afinal repetiu-se pouco mais ou menos o que havia acontecido quando o Imperador arriara, dois anos antes.

COLHEITA DE TEMPESTADE

A princípio os adversários do marechal baixaram a cabeça, atordoados, e deixaram a onda passar. Mas logo se reconstituíram: fizeram diversas reuniões, muitos congressistas saíram do Rio e foram promover agitações no interior. Redigiu-se contra a ditadura um manifesto, que, por estar a capital em estado de sítio, não chegou a circular. Outro foi publicado, em S. Paulo, por Campos Sales, e teve divulgação em todo o país, não obstante os esforços que a polícia fez para conservá-lo inédito. Em S. Paulo, no Rio Grande do Sul, no Pará, surgiram os primeiros sinais de revolta — e nesse ponto o marechal deve ter tido ideia do estranho erro que havia cometido.

Se os inimigos dele fossem apenas os sujeitos da imprensa, deputados, senadores e os patriotas de rua a que se referia com desprezo, o decreto-rolha, o estado de sítio e algumas dúzias de prisões tudo resolveriam. Mas esse homem enérgico não podia ignorar que tinha adversários perigosos e de farda: Floriano Peixoto e José Simeão, no Exército; Eduardo Wandenkolk e Custódio de Melo, na Marinha. Pela sua franqueza excessiva, pela sua intransigência, talvez um pouco

84 | PEQUENA HISTÓRIA DA REPÚBLICA

também pela doença que o atormentava, Deodoro perdia facilmente os camaradas.

Em S. Paulo foi deposto o presidente e empossado o vice-presidente. As ameaças que vinham do sul engrossavam dia a dia. A 22 de novembro Lauro Müller, governador de Santa Catarina, telegrafou ao marechal dizendo-lhe que não contasse com ele. A 23 a Armada mexeu-se. Uma bala de canhão bateu na cúpula da Candelária.

Deodoro quis prender gente, mandou ordens às fortalezas, mas escutou o barão de Lucena, aceitou o conselho direito que este homem lhe deu: despediu-se dos companheiros que lhe restavam, fez votos a Deus pela prosperidade do Brasil e renunciou.

NOVA DERRUBADA, NOVOS DESCONTENTAMENTOS

Floriano Peixoto, Vice-Presidente, assumiu o poder. E logo deitou abaixo todos os governadores, fiéis a Deodoro por ocasião do golpe de 3 de novembro. Só escapou Lauro Sodré, do Pará.

Recomeçaram as encrencas. Em janeiro de 1892, as fortalezas de Santa Cruz e Laje se revoltaram, mas foram atacadas com vigor e a revolta durou apenas vinte e quatro horas.

A 6 de abril, treze generais de terra e mar publicaram um manifesto em que pediam a "eleição de novo presidente antes de findo o prazo fixado para o primeiro período presidencial". Floriano, sem demora, reformou onze generais e transferiu dois para a segunda classe.

A 10 houve tumultos e arruaças, que a tropa desfez. No dia seguinte Floriano decretou o estado de sítio por setenta e duas horas, prendeu muitos indivíduos importantes, meteu uns nas fortalezas e deportou outros para Cucuí e Tabatinga, no extremo norte.

88 | PEQUENA HISTÓRIA DA REPÚBLICA

Tudo isso foi feito legalmente: o Congresso, instalado a 13 de dezembro de 91, funcionara até 22 de janeiro de 92; aprovara a deposição dos governadores e concedera ao Executivo "todos os poderes para conservar a ordem e a paz na República".

REVOLUÇÃO NO RIO GRANDE

No Rio Grande do Sul ardia uma terrível bagunça; em três anos por lá passaram dezenove presidentes. Seria difícil conhecermos as razões e as paixões que determinaram a subida e a descida desses homens.

Muitos grupos se deslocavam na planície, sob as ordens de chefes poderosos. A vontade dos caudilhos, que se juntavam, brigavam e se reconciliavam, movia grandes massas, o que seria impossível numa região de serras; o interesse deles substituía os programas políticos.

Em 1892 havia ali os castilhistas, partidários de Júlio de Castilhos, e os federalistas que se dividiam em gasparistas, dirigidos por Gaspar da Silveira Martins, e tavaristas, adeptos da família Tavares, de Bajé.

Júlio de Castilhos, chefe do governo, aprovou o golpe de 3 de novembro, como os outros, e foi deposto, como os outros. Depois foi reposto, em junho de 92. Mas o presidente inimigo, feito na derrubada geral de novembro, João Nunes da Silva Tavares, o general Joca Tavares, continuou firme. Houve, pois, dois governos: um castilhista, em Porto Alegre, e um tavarista, em Bajé.

92 | PEQUENA HISTÓRIA DA REPÚBLICA

Começou a luta, com grandes prejuízos dos dois lados. Joca Tavares tinha motivo para supor que Floriano Peixoto não iria sustentar o homem que se havia solidarizado com o marechal Deodoro. Entretanto as forças federais deram mão forte a Castilhos. E Tavares atravessou a fronteira do Uruguai.

Em fevereiro de 1893 Gumercindo Saraiva penetrou no estado com seiscentos homens. Joca Tavares veio unir-se a ele e tomou o comando das forças revoltosas, que engrossaram rapidamente. Depois de vários encontros, em alguns dos quais se praticaram atos de horrível ferocidade, os federalistas foram batidos em Inhandubi, a 5 de maio. Tavares voltou ao Uruguai e desarmou-se. Gumercindo continuou a luta.

E estavam-se tentando negociações de paz quando o almirante Wandenkolk chegou em Montevidéu e atrapalhou tudo. Conferenciou com os federalistas, conseguiu tomar o comando do *Júpiter*, entrou no Rio Grande e, juntando-se a Laurentino Pinto Filho, apoderou-se de um navio mercante, uma canhoneira e alguns rebocadores. Em julho Wandenkolk foi preso, remetido para o Rio e submetido a conselho de guerra, o que assanhou a Marinha.

No sul a trapalhada federalista irrompeu de novo. Mas apareceram divergências entre os caudilhos: parte das forças se conservou no pampa, outra parte se dirigiu para o norte, em outubro chegou a Santa Catarina, onde o capitão de mar e guerra Frederico Lorena tinha formado uma espécie de governo.

REVOLTA DA ARMADA

Os dois almirantes que haviam auxiliado Floriano Peixoto na luta deste contra Deodoro em pouco tempo se desgostaram.

Nomeado Ministro da Marinha, Custódio de Mello tratou de armar-se: propôs ao ministério que as guarnições das fortalezas Santa Cruz, Laje e São João fossem constituídas por marinheiros, comprou material bélico e pôs-se em contacto com os federalistas.

Na manhã de 6 de setembro de 1893 toda a armada se revoltou, acrescida com alguns navios mercantes. No mesmo dia o batalhão naval da Ilha das Cobras aderiu à revolta, os operários da Central do Brasil fizeram greve, assaltaram-se diversas estações.

O negócio tinha sido bem combinado, dava perfeitamente para deitar abaixo um governante. Com muito menos, outros se tinham retirado, querendo evitar derramamento de sangue e desejando felicidades ao Brasil. Mas Floriano era teimoso e não economizava o sangue de seus compatriotas. Convocou a guarda nacional, pôs a força de prontidão e levou canhões

96 | PEQUENA HISTÓRIA DA REPÚBLICA

para os morros. Veio o estado de sítio e organizaram-se batalhões patrióticos. No dia 13 cinco navios insurgentes começaram a bombardear a cidade. A esquadra estrangeira afastou-se, por toda a parte circularam boatos, uma grande multidão invadiu as estações e fugiu desordenadamente para os subúrbios.

O cruzador *República*, a 17, o frigorífico *Pallas* e a torpedeira *Marcílio Dias*, a 18, transpuseram a barra e saíram com o objetivo de atacar pontos fracos da costa, apresar navios mercantes nacionais, apoderar-se de víveres. Comandava-os o capitão Frederico Lorena, o homem que instalou um governo em Santa Catarina e entrou em relações com os federalistas.

Logo no dia 14 os comandantes das forças navais inglesas, italianas e portuguesas dirigiram-se a Custódio de Mello, que ficou mais ou menos reconhecido por eles. Em fim de setembro os ministros da Inglaterra e da França tentaram proteger os franceses e ingleses que viviam aqui, mas o governo julgou a proteção desnecessária. Realmente eles não estavam protegidos: o bombardeio continuava, grupos de rebeldes conseguiam desembarcar e travavam-se lutas medonhas. A cidade se despovoava — e os estrangeiros, garantidos e aterrorizados, salvaram a pele retirando-se. No princípio do barulho um foi morto, por acaso, um marinheiro que ia no escaler onde viajava o cônsul italiano. Custou cem contos ao tesouro e saiu barato: a Itália achou que ele não valia mais e acalmou-se.

A 30 houve um tiroteio longo entre as fortalezas e os navios. Pouco a pouco o povo se acostumou; passados os primeiros sustos a praia começou a encher-se de curiosos.

Em 9 de outubro a fortaleza de Villegagnon aderiu à revolta e dois batalhões se atracaram. O *Meteoro*, a 12, dirigiu-se a Santa Catarina.

No dia 12 de novembro o *Javari* afundou.

A 1º de dezembro o *Aquidaban*, navio de Custódio, e o *Esperança* passaram a barra. Saldanha da Gama, indeciso monarquista, ficou sendo chefe. E logo a Ilha do Governador caiu em poder das forças legais.

Em janeiro de 1894 os rebeldes ocuparam a Ilha da Conceição, pertencente à firma inglesa Wilson & Sons — e não houve reclamação. Os americanos é que não estavam satisfeitos, porque algumas embarcações deles tinham sido incomodadas. No fim do mês o cruzador *Detroit* mexeu-se e os outros navios da esquadra americana ficaram de fogos acesos. Os Estados Unidos estavam com o governo; a Inglaterra inclinava-se para os revoltosos.

Sem oficiais de Marinha, Floriano recorreu ao almirante Jerônimo Gonçalves, velho e reformado. Este se dirigiu a Montevidéu, organizou dificilmente uma flotilha, tomou o caminho do norte e, a 25 de janeiro, encontrou na Bahia alguns vasos de guerra obtidos por preço excessivo na América do Norte e na Europa, bastante deteriorados. Esperou a chegada de outros, remendou-os e, enfim, a 10 de março, entrou com eles na baía da Guanabara, onde não houve luta porque os rebeldes se recolheram à pressa em dois navios portugueses, que os levaram para Montevidéu. Daí muitos voltaram, foram dar alento aos bandos de federalistas. Prolongou-se a guerra — e o Brasil cortou relações com Portugal, a 13 de maio.

Custódio de Mello, que desde dezembro de 93 andava pelo sul, a 17 de abril refugiou-se em Buenos Aires e entregou os seus navios ao governo argentino. Nesse mesmo dia o almirante Gonçalves desmanchou a engrenagem política do capitão Lorena.

A 19 o coronel Moreira César tomou conta de Santa Catarina e pintou o diabo por lá.

A 7 de maio o Paraná, também revolucionado, entrou na ordem — e numerosas barbaridades se realizaram, entre elas a morte do barão de Serro Azul.

Gumercindo Saraiva faleceu a 10 de agosto, em luta.

A 15 de novembro Floriano Peixoto, doente, deixou o governo.

PRUDENTE DE MORAIS

Apesar de ter achado o país dividido e de haver rebentado no seu quadriênio uma questão mais sangrenta que as anteriores, Prudente de Morais (1894-1898) governou com energia e segurança, restabeleceu a paz e aumentou o território nacional. Os patriotas exaltados, que viam monarquistas em toda a parte e queriam devorá-los, torceram o nariz ao Presidente civil; entretanto os inimigos invisíveis da República, os conspiradores, os restauradores, em pouco tempo se dissiparam.

Logo no começo do governo de Prudente de Morais, em janeiro de 1895, os ingleses se apossaram da Ilha da Trindade. Respondendo ao protesto do Brasil, a Inglaterra pretendeu resolver o negócio por arbitragem. O governo brasileiro, em 5 de janeiro de 1896, achou que isso era disparate, porque a ilha, sem nenhuma dúvida, nos pertencia. Os ingleses concordaram e tudo acabou direito: a 5 de agosto se retiraram.

102 | PEQUENA HISTÓRIA DA REPÚBLICA

Em 5 de fevereiro de 1895, liquidou-se a velha pendência que existia entre o Brasil e a Argentina. O nosso advogado, barão do Rio Branco, escolhido por Floriano, escreveu uma notável memória, e o árbitro, Grover Cleveland, Presidente dos Estados Unidos, reconheceu o direito do Brasil sobre o território das Missões.

A 16 de março restabeleceram-se as relações diplomáticas com Portugal, interrompidas em 1894.

Em 15 de maio os franceses subiram o rio Amapá e tentaram apossar-se de duzentos e sessenta mil quilômetros quadrados de terreno que o Brasil considerava dele. Essa dificuldade, em abril de 97, foi submetida à arbitragem do Presidente da República Suíça.

No dia 24 de junho, em Campo Osório, no Rio Grande, Saldanha da Gama, quase abandonado, com quatrocentos homens apenas, morreu combatendo. O país estava cansado, o Rio Grande, esgotado. A 10 de junho o general Inocêncio de Queirós, representante do governo, recebeu em Pelotas o cabecilha Joca Tavares, e concertaram-se as condições da paz, que foi feita em agosto, com muitos foguetes, telegramas e discursos na Câmara.

Em 19 de setembro alcançaram anistia os rebeldes do sul, os da Armada e os exilados que tinham seguido para o Amazonas, em 92.

CANUDOS

Antônio Conselheiro, um pobre-diabo, tencionava, com ladainhas e benditos, salvar a humanidade. A humanidade está sempre em perigo, na opinião de indivíduos assim. Nascido no interior do Ceará em 1835, numa família de malucos, esse infeliz foi caixeiro, negociante, escrivão. Casou e tomaram-lhe a mulher. Achou então que tudo ia errado e tratou de endireitar o mundo, o que outros menos idiotas que ele tentaram, inutilmente.

Apareceu no sertão da Bahia no fim do século passado, com um surrão às costas, vestido num camisão azul, barbudo, rezando, pedindo esmolas e dizendo coisas desconexas. Louco e meio analfabeto, facilmente reuniu uma considerável multidão de sujeitos menos loucos e mais analfabetos que ele, a pior canalha da roça.

Em 1876 foi preso. Em 1887 o arcebispo da Bahia, justamente alarmado com a concorrência que o idiota fazia à religião verdadeira, denunciou-o ao presidente da província, que desejou meter o homem num hospício de alienados. Infelizmente não havia lugar no asilo — e Antônio Conselheiro

106 | PEQUENA HISTÓRIA DA REPÚBLICA

continuou a pregar ideias subversivas e a anunciar o fim do mundo para 1900.

Antes do fim do mundo, porém, veio a República. E descobriram que ele era um monarquista perigoso. Em consequência mandaram agarrá-lo por trinta soldados de polícia, que foram batidos.

Organizou-se então uma força aparatosa: cem praças de linha comandadas pelo tenente Manoel Ferreira. Este ficou em Naná, a vinte léguas de Canudos, antiga fazenda transformada em arraial enorme depois que o Conselheiro fora lá viver. A 21 de novembro de 1896, o tenente foi atacado pelos fanáticos, teve onze homens mortos e vinte feridos. Enterrou à pressa os defuntos, abandonou armas e munições, tocou fogo no povoado, deixou que a tropa debandasse e na Bahia afirmou que tinha tido uma vitória. Essa estranha vitória aumentou o prestígio do Conselheiro.

A segunda expedição do Exército enviada contra ele, sob o comando do major Febrônio de Brito, do 9° de infantaria, penetrou no sertão em dezembro, com mais de quinhentos homens, dois canhões Krupp e duas metralhadoras. Chegou a uma légua de Canudos e combateu valentemente, mas retrocedeu, admirando a coragem dos jagunços, numerosos e possuidores das armas que o tenente vitorioso largara em Naná.

A terceira expedição, comandada pelo coronel Moreira César, deixou o Rio a 3 de fevereiro de 1897 e a 8 chegou a

Queimadas, no interior da Bahia. Mil e trezentos soldados, quinze milhões de cartuchos, setenta tiros de artilharia. Com isso o coronel julgava fácil a empresa. Chegando a Monte Santo no dia 20, a 21 marchou para Canudos sem nenhuma preparação. Um ataque de epilepsia retardou-o por vinte e quatro horas. Levantando-se, pôs-se de novo a caminho. E com a tropa faminta, sedenta, cansada, entrou no arraial. Um desastre. Nas ruas estreitas os homens se dispersaram, foram caçados por outros que os espreitavam, emboscados. Moreira César morreu, o coronel Tamarindo, que o substituiu, morreu. Houve pânico. O armamento e a munição perderam-se.

A quarta e última expedição, sob as ordens do general Artur Oscar, dividiu-se em duas colunas compostas de quatro mil duzentos e oitenta e três soldados. A primeira, de Artur Oscar, partiu da Bahia; a segunda, chefiada pelo general Savaget, saiu de Aracaju. Encontraram-se nos arredores de Canudos, a 28 de junho. Aí já se contavam quase mil baixas. Em seguida veio a fome. Cento e oitenta cargas pertencentes à primeira coluna tinham caído quase todas em poder dos jagunços. A 18 de julho tentou-se um assalto ao arraial — e a expedição perdeu novecentos e quarenta e sete homens.

Em agosto chegou à Bahia o Ministro da Guerra, marechal Bittencourt, que em setembro começou em Monte Santo o fornecimento regular de víveres e munições.

108 | PEQUENA HISTÓRIA DA REPÚBLICA

E com os últimos contingentes recebidos, perto de três mil pessoas, sem falar numa brigada que em agosto chegou a Canudos dirigida por um major, pois numerosos oficiais haviam ficado pelo caminho, doentes, pôde Artur Oscar, a 6 de outubro, arrasar a povoação. Trezentos fanáticos inúteis, velhos, mulheres e crianças renderam-se. Dos combatentes nenhum foi preso: morreram todos.

O ASSASSINO POLÍTICO

O ASSASSINO POLÍTICO | 111

O marechal Bittencourt tinha regressado à capital federal. Em companhia dele, o Presidente da República, a 5 de novembro, foi receber as tropas que vinham da Bahia. No arsenal de guerra o anspeçada Marcelino Bispo agrediu-o a punhal. O ministro tentou defender o Presidente e morreu. No inquérito descobriram que diversas personagens de influência, inclusive o Vice-Presidente da República, estavam embrulhadas.

Marcelino Bispo suicidou-se na prisão.

CAMPOS SALES

Sucessor de Prudente de Morais, Campos Sales (1898-1902) tratou de consertar as nossas finanças, que, por causa das perturbações mencionadas, não iam bem.

Arranjou em Londres um empréstimo destinado a amortizar a dívida antiga, cortou despesas, aumentou impostos, o que provocou muito falatório.

NÃO OBRIGO NINGUÉM A SER PATRIOTA

A uma comissão que foi reclamar contra os impostos excessivos respondeu:

— Não posso obrigar ninguém a ser patriota. Mas, concordem ou não concordem, protestem ou não protestem, os impostos serão cobrados.

Campos Sales feriu muitos interesses. Por isso angariou antipatias.

LIQUIDAÇÕES

Em 8 de agosto de 1889, o general Júlio Joca, Presidente da República Argentina, aqui chegou em visita oficial, com uma divisão de três couraçados e um séquito brilhante onde havia ministros, senadores, generais e um contra-almirante. No ano seguinte Campos Sales pagou essa visita.

A 1º de dezembro de 1900 Walter Hanser, Presidente da Suíça, deu sentença favorável ao Brasil na questão com a França. Foram duzentos e sessenta mil quilômetros quadrados ganhos no Amapá, pelo barão do Rio Branco, nomeado, a 22 de novembro de 1889, ministro plenipotenciário em missão especial junto ao governo suíço.

Em março de 1901, Custódio de Mello, denunciado como conspirador, teve ordem de embarcar para Manaus, o que não fez, declarando-se doente. Mandaram-no para o Ceará. Como não obedecesse, prenderam-no. Quis justificar-se perante o conselho de guerra — e isso não lhe foi concedido. Dirigiu-se ao Congresso: afirmou ter recebido violências e acusou o Presidente da República. Não lhe deram importância. Liquidou-se desse modo, em silêncio,

124 | PEQUENA HISTÓRIA DA REPÚBLICA

a última pretensão do homem que havia causado prejuízos enormes ao país.

A 6 de novembro o governo combinou com a Inglaterra submeter-se ao julgamento do Rei da Itália o litígio que havia entre o Brasil e a Guiana Inglesa. O nosso advogado foi Joaquim Nabuco.

RODRIGUES ALVES

Rodrigues Alves (1902-1906) escolheu um prefeito excelente, Pereira Passos, e um admirável Ministro do Exterior, Rio Branco, o melhor que o Brasil já teve, tão bom que permaneceu na pasta quase dez anos, só a deixando por morte, em 1912. O prefeito renovou a capital federal. Como a situação financeira tinha melhorado no quadriênio anterior e havia crédito agora, pediram-se emprestados oito milhões e meio de libras esterlinas, logo convertidas em obras no porto e na Avenida Central, que mais tarde teve o nome do grande ministro barão. O município, afastando o mar, estendeu uma avenida longa da praia de Santa Luzia a Botafogo.

Talvez isso não tenha sido prudente. De ordinário um particular não se endivida para consertar a casa. Mas os particulares procedem de uma forma e os governos de outra. E, enfim, digam o que disserem, isto hoje é melhor que o Rio do princípio do século, cheio de morros e de ruas estreitas. Cortaram aquelas verrugas incômodas, deitaram abaixo uns pardieiros, alargaram tudo, arejaram a cidade.

Realmente, não possuíamos dinheiro. Mas houve quem depositasse confiança em nós. E gastamos com sabedoria.

A FEBRE AMARELA

A FEBRE AMARELA | 131

Aliás os oito e meio milhões do empréstimo não foram todos para o mestre de obras: o médico e a farmácia consumiram parte deles. Oswaldo Cruz, hoje glória nacional, encarregou-se de sanear o Rio de Janeiro, que tinha fama horrível. Efetivamente a cidade não era tão ruim como diziam: moravam nela muitos europeus. Mas aquela reputação nos causava enormes dissabores.

Oswaldo Cruz deu cabo da febre amarela. E aparecemos, livres de mosquitos, entre os povos civilizados.

PUBLICIDADE

Rio Branco organizou, com segurança, a propaganda do Brasil: foi um ótimo diretor de publicidade.

Antes dele fazíamos uma figura bem chinfrim. As outras nações engrossavam a voz, batiam o pé. Fomentavam a discórdia cá dentro, tentavam desembarcar tropas, davam asilo a brasileiros traidores, ocupavam as nossas ilhas.

Com dinheiro do empréstimo consertamos a fachada. E Rio Branco, apontando a fachada, mostrou que não éramos fracos e doentes, como na Europa julgavam.

UM BOM NEGÓCIO

Os seringueiros do Acre viviam em contendas com a Bolívia. Revoltaram-se em 1899 e quiseram tornar-se independentes. Mas faltou dinheiro e a revolução falhou. No ano seguinte houve nova tentativa, também sem consequência. O terceiro cometimento chefiado pelo coronel Plácido de Castro, em 7 de agosto de 1902, pegou: a 24 de janeiro de 1903 os bolivianos foram vencidos.

Aí o governo brasileiro ocupou militarmente o Acre, que nesse mesmo ano, a 17 de novembro, passou para o Brasil, mediante o pagamento de dois milhões de libras esterlinas e a construção de uma linha férrea entre Bela Vista e Santo Antônio do Madeira.

Dois milhões de esterlinas significavam trinta e quatro mil e quinhentos contos. Os impostos cobrados no Acre, de 1903 a 1909, elevaram-se a cinquenta e oito mil contos.

OUTRAS QUESTÕES
DE LIMITES

A 6 de maio de 1904 fixaram-se os limites entre o Brasil e o Equador. A 5 de maio de 1906 determinou-se a fronteira com a Guiana Holandesa. Na questão com a Inglaterra, o julgamento do Rei da Itália não nos foi favorável. Por sentença de 6 de junho de 1904, dividiu-se o objeto do litígio em dois quinhões: a Guiana Inglesa ficou com 19.630 quilômetros quadrados, ao Brasil couberam 13.570.

A VARÍOLA

A VARÍOLA | 147

Oswaldo Cruz achava que era vergonhoso uma pessoa apresentar marcas de bexigas. Pensando como ele, o Congresso tornou obrigatória a vacina. E muita gente se descontentou. Estávamos ou não estávamos numa terra de liberdade? Tínhamos ou não tínhamos o direito de adoecer e transmitir as nossas doenças aos outros?

A 14 de novembro de 1904 houve um motim: sublevou-se a Escola Militar, o general Travassos morreu, Lauro Sodré, senador, e Alfredo Varela, deputado, foram presos.

Assim, além das vítimas que ordinariamente causa, a varíola produziu essas.

DESVANTAGEM E VANTAGEM

DESVANTAGEM E VANTAGEM | 151

Em dezembro de 1905 oficiais e marinheiros alemães, da canhoneira *Pauther*, entraram em Santa Catarina e comportaram-se mal, como se aquilo fosse deles.

Em compensação d. Joaquim Arcoverde e Albuquerque Cavalcante, arcebispo do Rio de Janeiro, no mesmo mês tornou-se cardeal, o primeiro da América do Sul, honra imensa para nós.

AFONSO PENA — NILO PEÇANHA

Afonso Pena só esteve no poder dois anos e sete meses: tomou posse a 15 de novembro de 1906 e expirou a 14 de junho de 1909, legando-nos estas belas palavras, as últimas que pronunciou: *Deus, pátria, liberdade, família*. Era, conforme se vê, um homem de convicções muito profundas.

Nilo Peçanha, Vice-Presidente, governou durante dezessete meses.

No começo desse quadriênio em 1907, o conselheiro Rui Barbosa representou o Brasil na conferência de paz, na Holanda, e ganhou aqui uma consideração imensa.

Decretou o serviço militar obrigatório, renovou-se o material bélico, compraram-se alguns vasos de guerra. Fundou-se a Caixa de Conversão, que depois desapareceu e criou-se o Instituto de Manguinhos, hoje Oswaldo Cruz. Melhorou-se o fornecimento de água à capital.

Na pasta do exterior assinaram-se tratados relativos aos limites com a Colômbia e com a Venezuela, em 1907, com o Peru em 1909. A 30 de outubro de 1909 o Brasil cedeu à República do Uruguai condomínio sobre a lagoa Mirim e o rio Jaguarão.

O MARECHAL HERMES

O MARECHAL HERMES | 159

Esse quadriênio (1910-1914) foi tormentoso. Talvez nenhum homem público tenha sofrido o que o marechal Hermes da Fonseca sofreu. Os jornais disseram dele cobras e lagartos, teatrinhos populares meteram-no em cena como personagem quase obrigatória de revistas ordinárias, a blague carioca não o poupou.

Em geral ninguém se lembrava de atacar-lhe os erros, que foram numerosos: esforçaram-se por cobri-lo de ridículo, e isto contentou a insensatez nacional. Esse homem respeitável e honesto, bom Ministro da Guerra no quadriênio anterior, caiu nas malhas da politicagem, que o apresentou ao país como um idiota. Insultando-o, a imprensa usou o calão mais baixo; todas as anedotas em que figurava um imbecil vestiram roupa nova; contra o marechal todas as armas se utilizaram: a calúnia, a vaia, o cartão obsceno.

Tendo sido, em 1910, antagonista de Rui Barbosa, um gênio que, segundo afirmavam, assombrara o mundo, Hermes da Fonseca foi considerado antônimo do prodígio. Isto pare-

160 | PEQUENA HISTÓRIA DA REPÚBLICA

ceu razoável ao público indígena. O presidente era um sujeito cego, surdo, insensível. E quando falava, dizia bobagens.

Mexeram-lhe na vida íntima, expuseram em letra de fôrma horríveis minúcias em gíria de bordel. Nunca houve neste país torpezas semelhantes.

A REVOLTA
DOS MARINHEIROS

A REVOLTA DOS MARINHEIROS | 163

Em novembro de 1910 vários navios se revoltaram, chefiados por João Cândido, um simples marinheiro negro. Para não expor a cidade aos horrores de 93, o governo pactuou com a marinhagem e, em troca da paz, ofereceu-lhe anistia. Essa oferta de anistia prévia foi muito censurada. Se o governo propunha, não estava em condições de perdoar. Não dava, pedia.

Efetivamente aquilo tinha jeito de pedido. Os navios, sem oficiais, percorriam a baía, o público alarmava-se, o Congresso alarmava-se, o contra-almirante José Carlos de Carvalho cochichava com João Cândido.

Findas as negociações, os marinheiros desembarcaram, foram anistiados, presos e remetidos para a Ilha das Cobras, onde morreram quase todos.

OLIGARQUIAS

Oligarquias | 167

Havia em alguns estados do Nordeste velhas oligarquias firmes. Contra elas surgiam vozes tímidas de vagos demagogos que dificilmente poderiam conseguir prosélitos. Usando os meios ordinários, permitidos pela constituição, esses tipos ficariam sempre resmungando sem proveito.

A máquina eleitoral funcionava com defuntos, e a fabricação das atas do interior só não causava indignação porque toda a gente se habituara àquelas safadezas.

Para pagar esse trabalhinho, a falsificação do voto que produzia o governador e o deputado, o sindicato político da capital dava ao coronel da roça plenos poderes para matar, roubar, queimar, violar. A vontade do chefe do interior, quase sempre um analfabeto de maus bofes, não encontrava obstáculos.

Essa gente foi varrida. E queixou-se de violências.

Talvez a intervenção em alguns estados do Nordeste tenha sido a coisa direita realizada no governo do marechal Hermes.

WENCESLAU BRÁS

De 1914 a 1918 tivemos complicações, resultantes da situação interna e também da guerra europeia, que durou tanto como o governo de Wenceslau Brás.

Até 1917 fomos neutros, mas por fim nos decidimos a entrar no conflito. Entramos sem espalhafato.

Os alemães torpedearam cinco navios mercantes brasileiros — e fomos arrastados à luta. Mandamos para a Europa uma esquadra, pequena, e alguns médicos. O Presidente, em proclamação, recomendou parcimônia ao povo, conselho absolutamente desnecessário.

Entregamos aos nossos aliados vários navios aqui detidos. Foi o diabo. Feita a paz, dificilmente esse material voltou, bastante avariado.

UMA REEDIÇÃO DE MARCELINO BISPO

Pinheiro Machado, homem rijo que se tinha feito combatendo os federalistas, subira demais e ultimamente havia organizado o *Partido Republicano Conservador*. Para as oligarquias nordestinas, apeadas no tempo do marechal Hermes, era quase um Deus.

Foi assassinado no Hotel dos Estrangeiros, a 8 de setembro de 1915, por Manso de Paiva, que não se suicidou na prisão, como devia.

Cumprida a sentença, Manso de Paiva anda por aí mais ou menos vivo.

DIVERSAS TRAPALHADAS

Os estados do Rio, Espírito Santo, Alagoas e Piauí tiveram dois governos cada um. E em Mato Grosso houve intervenção. No Pará depuseram o governador Enéas Martins. O Paraná e Santa Catarina se atracaram, por questões de limites. Em dezembro de 1915 houve no Rio uma revolta de sargentos. E a Vila Militar quis levantar-se. Em 1916 surgiram manifestações de trabalhadores em diferentes lugares. Em janeiro de 1917 cessou o movimento do porto em Santos, em julho rebentaram greves em todos os estados do sul. A seca de 1915 foi terrível. E 1918 nos deu a gripe, que só na capital federal levou dezoito mil pessoas.

UMA ETERNIDADE

Para substituir Wenceslau Brás, elegeram (1918) o velho conselheiro Rodrigues Alves, que não chegou a tomar posse: morreu a 16 de janeiro de 1919.

Rui Barbosa, derrotado em 1910, candidatou-se novamente à Presidência da República. Por isso, entregue à campanha eleitoral, recusou convite que recebeu para representar o Brasil na conferência da paz, em Versalhes. Escolheram então, em lugar dele, o senador Epitácio Pessoa, da Paraíba. Ora, foi exatamente esse político dum estado pequeno que as raposas do sul contrapuseram ao baiano ilustre a quem se ofereceram todas as honras possíveis e a quem se recusou sempre o voto. Quando Epitácio Pessoa voltou da Europa, estava eleito e reconhecido. E aqui chegando a 21 de julho de 1919, empossou-se no dia 28.

De 15 de novembro de 1918 até essa data o Vice-Presidente, Delfim Moreira, esteve em exercício e governou bem. Disseram a princípio que ele não tinha muito bom juízo. Em todo o caso teve o juízo suficiente para escolher um bom prefeito, Frontin, e um bom Ministro da Fazenda, João Ribeiro.

EPITÁCIO PESSOA

Epitácio Pessoa teve um governo cheio de altos e baixos. Nomeou civis para as pastas da Guerra e da Marinha, o que não estava nos nossos hábitos, e descontentou os militares. A imprensa explorou esse fato, que realmente causou espanto, embora um dos ministros escolhidos fosse Calógeras, homem que ficaria bem colocado em qualquer pasta. O que é certo é que os militares se magoaram e o ressentimento deles explodiu mais tarde.

Parece que nesse governo houve a preocupação de se fazerem coisas grandiosas e coisas diferentes das que de ordinário se faziam. Achou-se com certeza necessária a afirmação de que estávamos em segurança, tudo ia bem.

O Exército não representava nenhum perigo. Escolheu-se, por conseguinte, um paisano para dirigi-lo.

A monarquia se enterrara. Revogou-se, portanto, o exílio dos Braganças, trouxeram-se para cá os ossos do velho monarca e de sua esposa. E recebeu-se a visita do Rei Alberto, a quem se ofereceram festas magníficas.

As finanças do Brasil não iam mal, permitiam despesas de vulto. Iniciaram-se então as obras contra a seca do Nordeste, que logo foram interrompidas.

É possível que essas exibições, esses luxos, esses gastos, essa firmeza caprichosa, apenas servissem para encobrir um receio que não se queria transformar em certeza, receio de que tudo andasse às avessas. Éramos fracos e éramos pobres, mas não nos capacitávamos disto. Muitas desgraças nos minavam, aqui e ali surgiam tumores. O Presidente punha em cima deles um pedaço de esparadrapo. E atordoava-se. A sua decisão e a sua energia foram provavelmente a energia e a decisão aconselhadas pelo desespero. Procedeu como esses doentes que, sentindo-se perdidos, experimentam as últimas forças praticando excessos.

1922

1922 | 191

Em começo de 1920 vários municípios sertanejos da Bahia sublevaram-se. Para evitar luta, o governo contemporizou, entrou em combinações com os chefes rebeldes.

Em março ocorreram na capital federal manifestações de operários, logo abafadas severamente. 1921 principiou com agitações deste gênero: greves dos trabalhadores marítimos, greves dos operários de construção. E o desassossego aumentou durante a campanha da sucessão, culminou em 1922 com demonstrações de indisciplina e revolta.

É curioso notar que isso não ficava apenas em comícios, com discurso e tiro. Havia indisciplina em toda parte: nos quartéis, nas fábricas, nos *ateliers*, nos cafés, nos quartos de pensão onde sujeitos escrevem. E a revolta, meio indefinida, tomando aqui uma forma, ali outra, manifestava-se contra o oficial, que exige a continência, e contra o mestre-escola, que impõe a regra. A autoridade perigava.

Afastou-se o pronome do lugar que ele sempre tinha ocupado por lei. Ausência de respeito a qualquer lei.

Com certeza seria melhor deslocar o deputado, o senador e o presidente. Como estes símbolos, porém, ainda resistissem, muito revolucionário se contentou mexendo com outros mais modestos. Não podendo suprimir a constituição, arremessou-se à gramática.

5 DE JULHO

5 DE JULHO | 195

A eleição realizada em março de 22 foi um desastre, como de ordinário. Vencedor o candidato do governo. Pílulas. Continuação da mágica besta; a chapa entregue ao eleitor encabrestado e metido na urna, ata fabricada pelo coronel, o Congresso examinando todas as patifarias e arranjando uma conta para a personagem escolhida empossar-se.

Francamente, aquilo não tinha graça. No começo da República, ainda, ainda: mas agora estava muito visto, muito batido, não inspirava confiança. Necessário reformar tudo.

Como? Ninguém sabia direito o que viria, mas todos concordavam num ponto: não podia vir coisa pior que o que tínhamos. Muito brilho por fora: visita de reis, exposição, projetos de açudes, universidade, numerosos hóspedes ilustres. Por dentro era aquela miséria: doença, ignorância, o coronel safado a mandar, assassino e ladrão.

E alguns rapazes se levantaram, no forte de Copacabana, a 5 de julho de 1922. Mas houve defecções. O marechal Hermes, implicado no movimento, deixou-se prender. Ficaram em Copacabana dezoito doidos que afrontaram a tropa, comandados por Siqueira Campos.

O CENTENÁRIO

Depois disso veio o estado de sítio, com muita prisão. Em seguida fizeram-se grandes festas para solenizar o centenário da Independência.

ARTUR BERNARDES

Quiseram fazer com Artur Bernardes (1922-1926) o que tinham feito com o marechal Hermes: adotaram o boato, a calúnia, todas as infâmias. Afirmaram que ele era um degenerado. Nas cançonetas de rua foi o *Rolinha*, o *Seu Mé*, o sujeito que não entraria no palácio das águias.

Entrou, cheio de ódio, e vingou-se. Vingou-se como quem receia que o julguem fraco e acha o tempo muito curto para a vingança. As cadeias encheram-se, houve silêncio, reformou-se a constituição, a coisa sagrada em que ninguém tinha tido a coragem de tocar.

O SEGUNDO 5 DE JULHO

A 5 de julho de 1924 estalou nova revolta, em S. Paulo, que até o dia 28 ficou em poder do general Isidoro Lopes. Atacados, os rebeldes embrenharam-se no interior do país onde, por mais de dois anos, resistiram. Agora, a encrenca não permanecia no litoral, ou perto dele, como de outras vezes: tínhamos uma sedição que viajava, percorria o sertão, derramava em fazendas e povoados ideias esquisitas.

Os camponeses temiam o bandido e temiam a tropa. Quando escapavam de um desses inimigos terríveis, caíam nas unhas do outro — e não havia salvação.

Ora, essa gente que saiu de S. Paulo em 1924 constituía tropa, sem dúvida, mas uma tropa que não dava pancada. E isto causava pasmo. Nas feiras da roça uma cavalhada aparecia, espalhava o terror. Em seguida tudo se acalmava: os recém-chegados eram criaturas inofensivas, barbudas e cabeludas, que se manifestavam em discursos difíceis. Tipos malucos, provavelmente. Mas como, sendo numerosos e vestindo uniforme, não matavam nem incendiavam, o matuto, sem entendê-los, gostava deles e ficava grato.

208 | PEQUENA HISTÓRIA DA REPÚBLICA

O governo utilizou contra esses homens o batalhão patriótico, uma tropa composta de bandidos, organizada por Floro Bartholomeu, chefe cearense, meio deputado, meio cangaceiro. Lampião cresceu muito, ganhou fama e devastou o Nordeste.

WASHINGTON LUÍS

Não obstante vir da boa escola da administração paulista, Washington Luís (1926-1930) trabalhou moderadamente. Pretendeu estabilizar a moeda e fez uma estrada de rodagem cara e inútil.

Voluntarioso, autoritário em excesso, confiou demais na própria fortaleza e se julgou seguro, tão seguro que, a 10 de fevereiro de 1927, suspendeu o estado de sítio, herança deixada por Artur Bernardes.

Era costume o Presidente intervir na escolha do seu substituto. Talvez isso não fosse mau de todo: com pequeno sacrifício, encolhendo-se um pouco os sagrados direitos do cidadão, estabelecia-se alguma ordem nos negócios públicos, evitavam-se perigosas soluções de continuidade.

Infelizmente Washington Luís não soube dourar a pílula: em vez de propor, impôs — e isto se tornou irritante. Na hora em que os políticos acharam oportuna a indicação, fechou-se, procrastinou. E quando se decidiu a falar, evitou conversas, foi intolerante. Era o pulso forte, o braço de ferro. Aquilo tinha aparência de nomeação.

Não quis ver que, desgostando profundamente dois estados grandes, nada poderia ganhar: pareceu-lhe que a sua firmeza, ou antes, a sua teimosia enorme, bastava para conter o desgosto.

Afinal, com todo aquele rigor, mostrou-se quase ingênuo. Desprezou um adversário perigoso e contou com uma força que não possuía.

Certamente é um erro pensarmos que ele tenha determinado 1930, coisa muito séria para atribuir-se a um homem. É verdade, porém, que, se Washington Luís não fosse tão cabeçudo, a bomba não lhe teria rebentado na mão.

1930

1930 não foi apenas, como ainda há quem suponha, uma associação heterogênea de políticos descontentes e militares indisciplinados — e é o que o distingue de vários motins que aqui se realizaram, o passeio feito por Deodoro de S. Cristóvão ao Campo de Santana, por exemplo.

Em 15 de novembro de 89 houve grande facilidade, tão grande que os republicanos se espantaram. E o povo encolheu os ombros. Pouco antes da vitória o número de conspiradores era insignificante. Obtido o apoio de um chefe, todos baixaram a cabeça e obedeceram. Aquilo veio de cima para baixo. Propriamente não houve revolução. Houve uma ordem.

Em 1930 tivemos uma revolução. Faltou aí a figura dum general de prestígio que, declamando frases convenientes, tornasse a luta desnecessária. Veio a luta, bem dura em alguns pontos, e a muitos o malogro da tentativa parecia quase certo no começo: quarenta anos de República haviam dado ao povo a certeza de que o governo sempre ganha.

Certamente eram precisos chefes — e estes apareceram, mas ainda sem dragonas. Surgiram no decurso da contenda, foram impostos pelos acontecimentos, quase todos provincianos, civis e militares.

Coisa bastante surpreendente em 1930 foi a rápida mudança de valores sociais, o que determinou uma subversão quase completa na hierarquia. Vários cavalheiros importantes, autores e colaboradores da revolução, foram depressa relegados para a segunda classe, enquanto personagens obscuras, inteiramente desconhecidas, galgavam postos elevados. Entre os militares, tivemos o domínio dos tenentes. Se aquilo fosse uma agitação de superfície, provavelmente um dos três generais que se apossaram do poder teria nele permanecido. Getúlio Vargas não era general: foi inculcado pelo sargento, pelo cabo, pelo instrutor da linha de tiro, pela tropa que em um mês engrossou de modo assustador com paisanos repentinamente militarizados.

Outra particularidade de 1930: o barulho enorme teve fanáticos. Houve defecções, é claro, como em toda a parte, mas não podemos afirmar que todas elas tenham sido motivadas por cálculos. É mais provável que o contágio as haja produzido. Naturezas calmas e ordeiras surgiram de chofre incendiadas, com disposição para derramar sangue e virar tudo de pernas para o ar.

Junto a isso, dedicações absurdas. Washington Luís, o presidente obstinado, teve amigos, indivíduos que se sacrificaram, esperaram longamente a volta dele, nunca se acomodaram à nova ordem — e nem sempre esses sebastianistas eram criaturas que tivessem qualquer coisa a ganhar com o restabelecimento do governo caído. Em geral não lamentavam a falta do voto, instituição desmoralizada; repeliam, porém, o que tinha vindo para substituí-lo, coisa ilegal e com certeza transitória. Um rancor imenso transparecia nos comentários. Juravam que pessoas idôneas haviam sido alijadas por tipos incapazes, atacavam as medidas incongruentes, os decretos confusos e salpicados de solecismos.

No campo dos revolucionários grassavam ideias muito diversas, ordinariamente simples, um otimismo baboso e afirmações categóricas. Manifestavam todos a certeza de que isto ia se transformar do pé para a mão. Graves sintomas de tolice coletiva fervilhavam nos espíritos: ofereciam-se moedas de prata e cordões de ouro para acabar a dívida externa, e indivíduos interessantes, mistura de idealista e malandro, recebiam essas dádivas com entusiasmo. De ordinário não tinham ódio ao vencido: votavam-lhe desprezo e alguma piedade.

Os que veem em 1930 uma vasta bagunça improvisada enganam-se. Antes de 1922 surgiam aqui e ali sinais de agitação. O primeiro 5 de julho foi um aviso a que os nossos estadistas não ligaram importância. O segundo 5 de julho espalhou no interior a semente revolucionária. E já aí os batalhões patrióticos deviam ter dado ao governo a certeza de que, em hora de cólicas, ele não contaria com o Exército. Por que o Exército não tinha coragem? Maluqueira. Sem tocar em fatos anteriores, lembremo-nos de que em Canudos houve bravura: excetuando-se a brigada Girard, todos lá se comportaram bem e, quando foi preciso, souberam morrer direito. O governo não dispunha do Exército porque muita gente começava a pensar, a discutir, a observar-se. Ideias sub-reptícias entravam na caserna, os soldados se capacitavam de que não valia a pena fazer sacrifícios para receber o Rei da Bélgica e os ossos de d. Pedro II.

Evidentemente não se tratava da liberdade de pensamento usada no Brasil. Isso nos deu o destampatório insultuoso que nada produziu. Lendo na folha a horrível diatribe, o leitor sensato aborrecia o deputado e o Presidente, uns ladrões, mas aborrecia também o articulista, um canalha. Inútil pôr o articulista no lugar do deputado. Tudo podre.

A propaganda feita antes de 1930 não tinha essa feição derrotista. Sem negar o que existia no Brasil, afirmava a possibilidade de se conseguirem coisas melhores — e isto era admirável. Muito cético se deixou seduzir.

Realmente faltava um programa. Como seria possível fazer uma revolução sem programa? Derrubar para quê? Conversa fiada, tempo gasto à toa, perdas de vida e fazenda — e no fim, conquistado o poder, ficarem todos olhando uns para os outros, indecisos. Os homens de 1930 não tinham um programa. E justificaram-se. Como teriam podido arranjar isso? Importar? Que é que deviam importar? Vivíamos num país onde os lugares se diferençavam muito uns dos outros.

O Nordeste era superpovoado, o Amazonas era quase deserto. Tínhamos criaturas civilizadíssimas em Copacabana e selvagens de beiço furado no Mato Grosso. Quem sabia disto lá fora?

Assim, os revolucionários deram uma explicação razoável ao público: tencionavam firmar-se na realidade brasileira. E como essa realidade tudo podia comportar, houve aqui um saco de gatos: inimigos ferozes se juntaram, ideias contraditórias tentaram harmonizar-se.

Tudo se separou, naturalmente. A realidade brasileira, badalada em artigo e discurso, virou lugar-comum. É inegável, porém, que das fórmulas de 1930 foi esta a melhor.

Sem mencioná-la, várias pessoas se ocupam com os problemas nacionais, em estudos sérios que exigem observação e paciência.

13 de janeiro de 1940.

POSFÁCIO
República

RUI MOURÃO

Mais um texto escrito para concorrer a prêmio, desta vez da revista *Diretrizes*. Abordando a queda do Império e a evolução da chamada República Velha, é uma espécie de crônica histórica. Vale pelo tom irreverente, acentuado na primeira parte, muito semelhante ao do famoso relatório do prefeito de Palmeira dos Índios, dirigido ao governador do estado, que iria possibilitar a descoberta, pelo editor Augusto Frederico Schmidt, do escritor Graciliano Ramos.

O esquema das motivações político-sociais, a princípio mostrado em suas linhas amplas, esbate-se à medida que sucedem os períodos governamentais, em meio a sucessivas tropelias militares e estado de sítio quase permanente, com as autoridades escolhidas por meio das falcatruas do voto de cabresto sendo substituídas ou depostas, sempre com desonra para o país. As personalidades surgem em cena quase sem pano de fundo e atuam como pedras de xadrez de um jogo de certa forma arbitrário.

Tudo isso fica grandemente exposto quando é abordada a guerra de Canudos, entendida como mera resultante do fanatismo de um louco que conseguiu reunir, em torno de si, "a pior canalha da roça". A perspectiva do autor para compreender os fatos anormais acontecidos no sertão da Bahia parece ser a mesma do governo da época, que acreditando estar diante de um fenômeno de pura rebeldia se limitou a enviar, para a área do conflito, expedições militares sucessivas, cada vez mais armadas. É como se a epopeia de Antônio Conselheiro não tivesse passado para dentro da cultura brasileira na condição de episódio que, sacudindo a consciência do país, a escancarou para uma compreensão nova de nós mesmos. Como se Euclides da Cunha não tivesse escrito *Os Sertões*.

Publicado *Vidas secas*, Graciliano Ramos havia encerrado um ciclo. A pesquisa que viera desenvolvendo havia atingido limite difícil de ser superado. Nesse último romance, a linguagem produzira verdadeira simbiose da camada linguística com a realidade a ser expressa e a estrutura narrativa evoluíra no sentido do despojamento, produzindo a desmontagem de todos os artifícios. O resultado se consumou numa obra revolucionária que se situou no plano da mais absoluta contemporaneidade, refletindo o que há de descontínuo e inconcluso na percepção do homem atual. *Vidas secas* criaria, para o escritor, uma situação de impasse. Avançar além daquele ponto, lhe parecia empreitada quase impossível. Talvez valesse tentar uma mudança de rota. Recomeçar do zero, pondo de lado o que fizera até ali. Optando por um campo de experimentações que lhe permitiria talvez maior descontração, decidiu realizar experiências de literatura para jovens.

Como nessa fase nem mesmo a narrativa mais longa e mais ambiciosa, "Alexandre", deve ter-lhe inspirado confiança, a solução que finalmente entreviu seria a do retorno à linha de pesquisa anterior. Continuar trabalhando a linguagem de escritor, perseguindo se possível crescente exigência, para o entendimento do mundo. Foi quando se entregou à memorialística. Caminhar nesse sentido significava, além do mais, uma retomada da obra anterior, na medida em que iria aprofundar resíduos de experiência pessoal que haviam impregnado, por exemplo, *Angústia*. Daí para a frente, Graciliano se concentraria no trabalho de produzir *Infância* e *Memórias do cárcere*, este publicado postumamente.

VIDA E OBRA DE GRACILIANO RAMOS

Cronologia

1892 Nasce a 27 de outubro em Quebrangulo, Alagoas.

1895 O pai, Sebastião Ramos, compra a Fazenda Pintadinho, em Buíque, no sertão de Pernambuco, e muda com a família. Com a seca, a criação não prospera e o pai acaba por abrir uma loja na vila.

1898 Primeiros exercícios de leitura.

1899 A família se muda para Viçosa, Alagoas.

1904 Publica o conto "Pequeno pedinte" em *O Dilúculo*, jornal do internato onde estudava.

1905 Muda-se para Maceió e passa a estudar no colégio Quinze de Março.

1906 Redige o periódico *Echo Viçosense*, que teve apenas dois números.

Publica sonetos na revista carioca *O Malho*, sob o pseudônimo Feliciano de Olivença.

1909 Passa a colaborar no *Jornal de Alagoas*, publicando o soneto "Céptico", como Almeida Cunha. Nesse jornal, publicou diversos textos com vários pseudônimos.

1910-1914 Cuida da casa comercial do pai em Palmeira dos Índios.

1914 Sai de Palmeira dos Índios no dia 16 de agosto, embarca no navio *Itassucê* para o Rio de Janeiro, no dia 27, com o amigo Joaquim Pinto da Mota Lima Filho. Entra para o *Correio da Manhã*, como revisor. Trabalha também nos jornais *A Tarde* e *O Século*, além de colaborar com os jornais *Paraíba do Sul* e *O Jornal de Alagoas* (cujos textos compõem a obra póstuma *Linhas tortas*).

1915   Retorna às pressas para Palmeira dos Índios. Os irmãos Otacílio, Leonor e Clodoaldo, e o sobrinho Heleno, morrem vítimas da epidemia da peste bubônica.

Casa-se com Maria Augusta de Barros, com quem tem quatro filhos: Márcio, Júnio, Múcio e Maria Augusta.

1917   Assume a loja de tecidos A Sincera.

1920   Morte de Maria Augusta, devido a complicações no parto.

1921   Passa a colaborar com o semanário *O Índio*, sob os pseudônimos J. Calisto e Anastácio Anacleto.

1925   Inicia *Caetés*, concluído em 1928, mas revisto várias vezes, até 1930.

1927   É eleito prefeito de Palmeira dos Índios.

1928   Toma posse do cargo de prefeito.

Casa-se com Heloísa Leite de Medeiros, com quem tem outros quatro filhos: Ricardo, Roberto, Luiza e Clara.

1929   Envia ao governador de Alagoas o relatório de prestação de contas do município. O relatório, pela sua qualidade literária, chega às mãos de Augusto Schmidt, editor, que procura Graciliano para saber se ele tem outros escritos que possam ser publicados.

1930   Publica artigos no *Jornal de Alagoas*.

Renuncia ao cargo de prefeito em 10 de abril.

Em maio, muda-se com a família para Maceió, onde é nomeado diretor da Imprensa Oficial de Alagoas.

1931   Demite-se do cargo de diretor.

1932   Escreve os primeiros capítulos de *S. Bernardo*.

VIDA E OBRA DE GRACILIANO RAMOS | 229

1933   Publicação de *Caetés*.

Início de *Angústia*.

É nomeado diretor da Instrução Pública de Alagoas, cargo equivalente a Secretário Estadual de Educação.

1934   Publicação de *S. Bernardo*.

1936   Em março, é preso em Maceió e levado para o Rio de Janeiro.

Publicação de *Angústia*.

1937   É libertado no Rio de Janeiro.

Escreve *A terra dos meninos pelados*, que recebe o prêmio de Literatura Infantil do Ministério da Educação.

1938   Publicação de *Vidas secas*.

1939   É nomeado Inspetor Federal de Ensino Secundário do Rio de Janeiro.

1940   Traduz *Memórias de um negro*, do norte-americano Booker Washington.

1942   Publicação de *Brandão entre o mar e o amor*, romance em colaboração com Rachel de Queiroz, José Lins do Rego, Jorge Amado e Aníbal Machado, sendo a sua parte intitulada "Mário".

1944   Publicação de *Histórias de Alexandre*.

1945   Publicação de *Infância*.

Publicação de *Dois dedos*.

Filia-se ao Partido Comunista Brasileiro.

1946   Publicação de *Histórias incompletas*.

1947   Publicação de *Insônia*.

1950   Traduz o romance *A peste*, de Albert Camus.

1951   Torna-se presidente da Associação Brasileira de Escritores.

1952   Viaja pela União Soviética, Tchecoslováquia, França e Portugal.

230 | PEQUENA HISTÓRIA DA REPÚBLICA

1953 Morre no dia 20 de março, no Rio de Janeiro.
Publicação póstuma de *Memórias do cárcere*.

1954 Publicação de *Viagem*.

1962 Publicação de *Linhas tortas* e *Viventes das Alagoas*.
Vidas secas recebe o Prêmio da Fundação William Faulkner como o livro representativo da literatura brasileira contemporânea.

1980 Heloísa Ramos doa o Arquivo Graciliano Ramos ao Instituto de Estudos Brasileiros da Universidade de São Paulo, reunindo manuscritos, documentos pessoais, correspondência, fotografias, traduções e alguns livros.
Publicação de *Cartas*.

1992 Publicação de *Cartas de amor a Heloísa*.

Bibliografia de autoria de Graciliano Ramos

Caetés
Rio de Janeiro: Schmidt, 1933. 2ª ed. Rio de Janeiro:
J. Olympio, 1947. 6ª ed. São Paulo: Martins, 1961. 11ª ed. Rio de
Janeiro: Record, 1973. [34ª ed., 2019]

S. Bernardo
Rio de Janeiro: Ariel, 1934. 2ª ed. Rio de Janeiro: J. Olympio, 1938.
7ª ed. São Paulo: Martins, 1964. 24ª ed. Rio de Janeiro: Record, 1975.
[104ª ed., 2020]

Angústia
Rio de Janeiro: J. Olympio, 1936. 8ª ed. São Paulo: Martins, 1961.
15ª ed. Rio de Janeiro: Record, 1975. [82ª ed., 2020]

Vidas secas
Rio de Janeiro: J. Olympio, 1938. 6ª ed. São Paulo: Martins, 1960.
34ª ed. Rio de Janeiro: Record, 1975. [145ª ed., 2020]

A terra dos meninos pelados
Ilustrações de Nelson Boeira Faedrich. Porto Alegre: Globo, 1939.
2ª ed. Rio de Janeiro: Instituto Estadual do Livro, INL, 1975. 4ª
ed. Ilustrações de Floriano Teixeira. Rio de Janeiro: Record, 1981.

232 | PEQUENA HISTÓRIA DA REPÚBLICA

24ª ed. Ilustrações de Roger Mello. Rio de Janeiro: Record, 2000. 46º ed. [1ª ed. Galera Record] Ilustrações de Jean-Claude Ramos Alphen. Rio de Janeiro: Galera Record, 2014. [58ª ed., 2020]

Histórias de Alexandre
Ilustrações de Santa Rosa. Rio de Janeiro: Leitura, 1944. Ilustrações de André Neves. Rio de Janeiro: Record, 2007. [16ª ed., 2020]

Dois dedos
Ilustrações em madeira de Axel de Leskoschek. R. A., 1945. Conteúdo: Dois dedos, O relógio do hospital, Paulo, A prisão de J. Carmo Gomes, Silveira Pereira, Um pobre-diabo, Ciúmes, Minsk, Insônia, Um ladrão.

Infância (memórias)
Rio de Janeiro: J. Olympio, 1945. 5ª ed. São Paulo: Martins, 1961. 10ª ed. Rio de Janeiro: Record, 1975. [50ª ed., 2020]

Histórias incompletas
Rio de Janeiro: Globo, 1946. Conteúdo: Um ladrão, Luciana, Minsk, Cadeia, Festa, Baleia, Um incêndio, Chico Brabo, Um intervalo, Venta-romba.

Insônia
Rio de Janeiro: J. Olympio, 1947. 5ª ed. São Paulo: Martins, 1961. Ed. Crítica. São Paulo: Martins; Brasília: INL, 1973. 16ª ed. Rio de Janeiro: Record, 1980. [32ª ed., 2017]

Memórias do cárcere
Rio de Janeiro: J. Olympio, 1953. 4 v. Conteúdo: v. 1 Viagens; v. 2 Pavilhão dos primários; v. 3 Colônia correcional; v. 4 Casa de correção.

VIDA E OBRA DE GRACILIANO RAMOS | 233

4ª ed. São Paulo: Martins, 1960. 2 v. 13ª ed. Rio de Janeiro: Record, 1980. 2 v. Conteúdo: v. 1, pt. 1 Viagens; v. 1, pt. 2 Pavilhão dos primários; v. 2, pt. 3 Colônia correcional; v. 2, pt. 4 Casa de correção. [51ª ed., 2020]

Viagem
Rio de Janeiro: J. Olympio, 1954. 3ª ed. São Paulo: Martins, 1961. 10ª ed. Rio de Janeiro: Record, 1980. [21ª ed., 2007]

Contos e novelas (organizador)
Rio de Janeiro: Casa do Estudante do Brasil, 1957. 3 v. Conteúdo: v. 1 Norte e Nordeste; v. 2 Leste; v. 3 Sul e Centro-Oeste.

Linhas tortas
São Paulo: Martins, 1962. 3ª ed. Rio de Janeiro: Record; São Paulo: Martins, 1975. 280 p. 8ª ed. Rio de Janeiro: Record, 1980. [22ª ed., 2015]

Viventes das Alagoas
Quadros e costumes do Nordeste. São Paulo: Martins, 1962. 5ª ed. Rio de Janeiro: Record, 1975. [19ª ed., 2007]

Alexandre e outros heróis
São Paulo: Martins, 1962. 16ª ed. Rio de Janeiro: Record, 1978. [64ª ed., 2020]

Cartas
Desenhos de Portinari... [et al.]; caricaturas de Augusto Rodrigues, Mendez, Alvarus. Rio de Janeiro: Record, 1980. [8ª ed., 2011]

234 | PEQUENA HISTÓRIA DA REPÚBLICA

Cartas de amor a Heloísa
Edição comemorativa do centenário de Graciliano Ramos. São Paulo: Secretaria Municipal de Cultura, 1992. 2ª ed. Rio de Janeiro: Record, 1992. [2ª ed., 1996]

O estribo de prata
Ilustrações de Floriano Teixeira. Rio de Janeiro: Record, 1984. (Coleção Abre-te Sésamo). 5ª ed. Ilustrações de Simone Matias. Rio de Janeiro: Galerinha Record, 2012.

Garranchos
Organização de Thiago Mio Salla. Rio de Janeiro: Record, 2012. [2ª ed., 2013]

Cangaços
Organização de Ieda Lebensztayn e Thiago Mio Salla. Rio de Janeiro: Record, 2014.

Conversas
Organização de Ieda Lebensztayn e Thiago Mio Salla. Rio de Janeiro, 2014.

Minsk
Ilustrações de Rosinha. Rio de Janeiro: Galera Record, 2013. [2ª ed., 2019]

VIDA E OBRA DE GRACILIANO RAMOS | 235

Antologias, entrevistas e obras em colaboração

CHAKER, Mustafá (Org.). *A literatura no Brasil*. Graciliano Ramos...
[et al.]. Kuwait: [s. n.], 1986. 293 p. Conteúdo: Dados biográficos
de escritores brasileiros: Castro Alves, Joaquim de Souza
Andrade, Carlos Drummond de Andrade, Vinicius de Moraes,
Haroldo de Campos, Manuel Bandeira, Manuel de Macedo, José
de Alencar, Graciliano Ramos, Cecília Meireles, Jorge Amado,
Clarice Lispector e Zélia Gattai. Texto e título em árabe.

FONTES, Amando et al. *10 romancistas falam de seus personagens*.
Amando Fontes, Cornélio Penna, Erico Verissimo, Graciliano
Ramos, Jorge Amado, José Geraldo Vieira, José Lins do Rego,
Lucio Cardoso, Octavio de Faria, Rachel de Queiroz; prefácio
de Tristão de Athayde; ilustradores: Athos Bulcão, Augusto
Rodrigues, Carlos Leão, Clóvis Graciano, Cornélio Penna, Luís
Jardim, Santa Rosa. Rio de Janeiro: Edições Condé, 1946. 66 p.,
il., folhas soltas.

LEBENSZTAYN, Ieda e SALLA, Thiago Mio. *Conversas*. Rio de
Janeiro: Record, 2014.

MACHADO, Aníbal M. et al. *Brandão entre o mar e o amor*. Ro-
mance por Aníbal M. Machado, Graciliano Ramos, Jorge
Amado, José Lins do Rego e Rachel de Queiroz. São Paulo:
Martins, 1942. 154 p. Título da parte de autoria de Graciliano
Ramos: "Mário".

236 | PEQUENA HISTÓRIA DA REPÚBLICA

QUEIROZ, Rachel de. *Caminho de pedras*. Poesia de Manuel Bandeira; Estudo de Olívio Montenegro; Crônica de Graciliano Ramos. 10ª ed. Rio de Janeiro: J. Olympio, 1987. 96 p. Edição comemorativa do Jubileu de Ouro do Romance.

RAMOS, Graciliano. *Angústia 75 anos*. Edição comemorativa organizada por Elizabeth Ramos. 1ª ed. Rio de Janeiro: Record, 2011. 384 p.

RAMOS, Graciliano. *Coletânea*: seleção de textos. Rio de Janeiro: Civilização Brasileira; Brasília: INL, 1977. 315 p. (Coleção Fortuna Crítica, 2).

RAMOS, Graciliano. "Conversa com Graciliano Ramos". *Temário — Revista de Literatura e Arte*, Rio de Janeiro, v. 2, n. 4, p. 24-29, jan.-abr., 1952. "A entrevista foi conseguida desta forma: perguntas do suposto repórter e respostas literalmente dos romances e contos de Graciliano Ramos."

RAMOS, Graciliano. *Graciliano Ramos*. Coletânea organizada por Sônia Brayner. Rio de Janeiro: Civilização Brasileira; Brasília: INL, 1977. 316 p. (Coleção Fortuna Crítica, 2). Inclui bibliografia. Contém dados biográficos.

RAMOS, Graciliano. *Graciliano Ramos*. 1ª ed. Seleção de textos, notas, estudos biográfico, histórico e crítico e exercícios por: Vivina de Assis Viana. São Paulo: Abril Cultural, 1981. 111 p., il. (Literatura Comentada). Bibliografia: p. 110-111.

RAMOS, Graciliano. *Graciliano Ramos*. Seleção e prefácio de João Alves das Neves. Coimbra: Atlântida, 1963. 212 p. (Antologia do Conto Moderno).

RAMOS, Graciliano. *Graciliano Ramos*: trechos escolhidos. Por Antonio Candido. Rio de Janeiro: Agir, 1961. 99 p. (Nossos Clássicos, 53).

VIDA E OBRA DE GRACILIANO RAMOS | 237

RAMOS, Graciliano. *Histórias agrestes*: contos escolhidos. Seleção e prefácio de Ricardo Ramos. São Paulo: Cultrix, [1960]. 201 p. (Contistas do Brasil, 1).

RAMOS, Graciliano. *Histórias agrestes*: antologia escolar. Seleção e prefácio Ricardo Ramos; ilustrações de Quirino Campofiorito. Rio de Janeiro: Tecnoprint, [1967]. 207 p., il. (Clássicos Brasileiros).

RAMOS, Graciliano. "Ideias Novas". Separata de: *Rev. do Brasil*, [s. l.], ano 5, n. 49, 1942.

RAMOS, Graciliano. *Para gostar de ler*: contos. 4ª ed. São Paulo: Ática, 1988. 95 p., il.

RAMOS, Graciliano. *Para gostar de ler*: contos. 9ª ed. São Paulo: Ática, 1994. 95 p., il. (Para Gostar de Ler, 8).

RAMOS, Graciliano. *Relatórios*. [Organização de Mário Hélio Gomes de Lima.] Rio de Janeiro: Editora Record, 1994. 140 p. Relatórios e artigos publicados entre 1928 e 1953.

RAMOS, Graciliano. *Seleção de contos brasileiros*. Rio de Janeiro: Ed. de Ouro, 1966. 3 v. (333 p.), il. (Contos brasileiros).

RAMOS, Graciliano. [Sete] *7 histórias verdadeiras*. Capa e ilustrações de Percy Deane; [prefácio do autor]. Rio de Janeiro: Ed. Vitória, 1951. 73 p. Contém índice. Conteúdo: Primeira história verdadeira. O olho torto de Alexandre, O estribo de prata, A safra dos tatus, História de uma bota, Uma canoa furada, Moqueca.

RAMOS, Graciliano. "Seu Mota". *Temário — Revista de Literatura e Arte*, Rio de Janeiro, v. 2, n. 4, p. 21-23, jan.-abr., 1952.

RAMOS, Graciliano et al. *Amigos*. Ilustrações de Zeflávio Teixeira. 8ª ed. São Paulo: Atual, 1999. 66 p., il. (Vínculos), brochura.

RAMOS, Graciliano (Org.). *Seleção de contos brasileiros*. Ilustrações de Cleo. Rio de Janeiro: Tecnoprint, [1981]. 3 v.: il. (Ediouro. Coleção Prestígio). "A apresentação segue um critério geográfico,

238 | PEQUENA HISTÓRIA DA REPÚBLICA

incluindo escritores antigos e modernos de todo o país." Conteúdo: v. 1 Norte e Nordeste; v. 2 Leste; v. 3 Sul e Centro-Oeste.

RAMOS, Graciliano. *Vidas Secas 70 anos*: edição especial. Fotografias de Evandro Teixeira. 1ª ed. Rio de Janeiro: Record, 2008. 208 p.

ROSA, João Guimarães. *Primeiras estórias*. Introdução de Paulo Rónai; poema de Carlos Drummond de Andrade; nota biográfica de Renard Perez; crônica de Graciliano Ramos. 5ª ed. Rio de Janeiro: J. Olympio, 1969. 176 p.

WASHINGTON, Booker T. *Memórias de um negro*. [Tradução de Graciliano Ramos.] São Paulo: Cia. Ed. Nacional, 1940. 226 p.

Este livro foi composto na tipografia
Minion Pro, em corpo 11,5/17,5, e impresso
em papel off-white no Sistema Cameron
da Divisão Gráfica da Distribuidora Record.